句集 春の村

黛執

角川書店

句集　春の村＊目次

装丁　國枝達也

句集　春の村

平成二十五年

風にやや艶出て盆に入りにけり

送行のしきりに雲のとぶ日かな

せつせつと磨く鍋釜野分まへ

鳴りづめのぎつたんばつこ小鳥くる

逝きにけりきのふ案山子を立てゐしに

燕帰るころとなりたる海の色

甕の水ふつと匂へり稲つるび

大いなる夕月掲げ田を仕舞ふ

鷺ひとつ佇たせて刈田暮れのこる

冷やかに日暮が降りてきたりけり

ひた鳴ける囮に風の濃かりけり

立冬や田の面に朝の日の跳ねて

冬ざくら囁き合つてゐるごとし

白波の礁を洗ふ寒さかな

小春日の矮鶏を離れぬ矮鶏の影

巾着の中のあれこれ冬ぬくし

納戸までとどく朝の日十二月

茎の水じわじわ上がる月夜かな

蒲団干すまぶしき嶺をまなかひに

八卦の灯ぽつんと点る寒さかな

火吹竹ほうほう山の梟も

数へ日となりたる空の深さかな

いさり火の沖に滲める年忘

鍋を這ふ焔のあをあをと冬至かな

平成二十六年

くづほれし藁塚（にほ）を真中に初景色

見も知らぬ犬が随きくる恵方道

樅の木のしづかに雪を待つ夜かな

村を出てゆくひとすぢの雪の道

狐火が浮いてそれから風の音

水底の日の斑うごけば寒鯉も

寒鯉の浮き上がりたる月下かな

三寒も四温も遠き牛の声

鵜をひとつ載せて春待つ礁かな

突堤に挙がる子の声日脚伸ぶ

春を待つ水仕の音を憚らず

寒明くるゆるりと鯉の胴浮いて

立春大吉引売りの声湧けり

春くると野から山から水のこゑ

梅の香の梅を離るるときに濃し

にぎやかに煙を上げて春の村

菜の花のたうとう暮れてしまひけり

鯉跳ねるたびに濃くなる朧かな

寄り合つて散らばり合つて春の雲

春めくや大きな月がぬつと出て

初蝶に野川のひかり惜しみなき

春風のわけて土橋に濃かりけり

だんだんに近づいてくる初音かな

水際に追ひつめられて野火猛る

啓蟄の谷をとび出す谷の音

風光る納屋を出でたる鍬鋤に

朽ち果てし舟を囲みて蘆芽ぐむ

永き日の縁の上なるほとけぶみ

陰口のそれからそれへ暖かし

種池の真上おほきな月の暈

鷹鳩と化し少年の腕の中

田も畑もしとどに濡れて仏生会

分校の春オルガンのふがふがと

鍬弾みをり囀にかこまれて

ほがらかに骨埋めらるる春の山
きりもなく御詠歌つづく暮春かな

春のゆふべは母の辺にあるごとし

餌を欲らず人にも寄らず春の鯉

揚げ船に波の這ひ寄る遅日かな

亀鳴くと日暮が水に降りてくる

路地に湧く童の声も昭和の日

煤の香のつよき一日や蠅生る

ベンチみな海向く春を惜しめよと

暮れ残るとふさびしさに通し鴨

研ぎ上げし鎌に泛びし夏の色

竹皮を脱ぐ月光を浴びたくて

せつせつと水音かよふ余り苗

明易の堰をあふるる水の声

草笛を吹くにさびしき眼をしたる

蛇衣を脱ぎむばたまの闇に入る

風鎮の壁打つ音も緑の夜

梅雨深し伏せて置かるる墓茶碗

桑の実やむくむく育つ山の雲

しんしんと真昼をひろげ田水沸く

釣鐘の闇を真上に蟻地獄

汗どつと噴き出す上がり框かな

月の出の風鈴じつとしてをりぬ

独り言つことにも飽きて田草取

みづうみの烟りづめなる飴湯かな

竹夫人駆込寺に潜みをり

短くて淡くて涼し老の夢

草いきれ抜けきしにほひ雲水に

溜池のぎらぎら寒いさむい夏

潮騒の押し寄せてくる籠枕

空井戸の闇をひそませ草いきれ

天炎えて村の静けさ極まりぬ

水打つて一番星をまたたかす

地獄耳利かしてゐたる端居かな

刈草のむんむん月のなき夜は

残生の手足つべたき昼寝覚

晩夏光波に後れて波の音

田伏より大きな声がとんで秋

水の上を風が流れてから秋に
新涼の波透けきつて立ち上がる

土蔵の中の月日も盆の入

盆棚に夜つぴてありし風の音

八月十五日朝から鰡跳んで
おしろいの花にゆふべの母の声

音もなく風立つ二百十日かな

露けしや夜更けてともる納戸の灯

田めぐりの声をちこちに露日和

とほくまで響く嬰のこゑ露の秋

潮上りくる鰡の目を先頭に
しらじらと波寄せてゐる無月かな

こつそりと戻つてをりぬ茸取

立ち上がる波のかなたを渡り鳥

行く水もとどまる水も水の秋

田を仕舞ふ大きな鳶の輪の真下

霜降の火をねんごろに夕厨

刈り終へし田に沁みわたる夕日かな

ひつそりと井戸にほひをり十三夜

烏瓜ぶらりと山の晴れわたる

朝寒の声が大きくなつてゐし

なんとなく山を見てゐるそぞろ寒

暮れてゆく音となりたる芋水車

色変へぬ松にわけても雨の濃し

秋行けりいぐねに風の音残し

立冬の影をくつきりごろた石

水口に鯉ひしめける今朝の冬

火を囲む団居の冬のきたりけり

水切りの水すべらかに冬はじめ

月の夜の狐はこんと鳴くべかり

子と睦む遠くこがらし鳴る夜は

水の面に日の差してゐる寒さかな

山茶花の日向にぎはふ老の声

霜晴やちりちり燻る畑の屑

狐火の浮くころ風呂を落とすころ

いちはやく夜をまとへり焚火跡

埋火に通ひそめたる風の音

ひよどりの声かしましき留守詣

着ぶくれて噂ばなしのきりもなき

灯ひとつ田の面を照らす寒さかな

梢くべて遥かを見やる眼となりぬ

玉子酒甘えごころの老いてなほ

冬日濃しがらくた市のがらくたに

薬喰風さわがしき夜なりけり

墓地といふ冬あたたかきところかな

松籟に取り巻かれたる白障子

兎とぶ沖をそびらに掛大根

踏切の棹の弾みも十二月

お寒うと言はれてからの寒さかな

しづけさの極みに出でし咳ひとつ

さむざむと昼月あゆむ藁塚(にほ)の上

葛湯吹くたびに濃くなる夜の色

なみだ目の牛にはるかな雪の嶺

夕星のぽつんと浮ける焚火かな

煤逃の戻つて来ぬといふ騒ぎ

老いゆくか葱のにほひの息吐いて

朱をつくす沖を遥かに年忘

したたかに土間を濡らして年行けり

平成二十七年

しばらくは畦道つたふ恵方かな

四日はや漁火沖を飾りたる

息白く見まはしてゐる田の面かな

寒鯉に微塵もおかぬ水面あり

風荒びをり梟の声のあと

たかだかと上がる野の火も七日かな

年寄に火の香わらべに蜜柑の香

さざなみも立てず雪待つ水の面

雑踏にまぎれてよりの寒さかな

沖くらし暗しと猛るどんどの火

蝶凍つるさざめく水のかたはらに
むささびの谷月光をあふれしむ

寒柝の音のいつしか夢の中

一つ家に一つ灯雪の降りしきる

かたはらに猫寄り添へる湯ざめかな

網小屋は空つぽ日脚伸びにけり

三寒の念仏四温の和讃かな

水仙に日ごと濃くなる海の色

やらはれし鬼が酒場の止り木に
立春大吉門前に旅の僧

魚は氷に僧徒は山を下りにけり

白梅に夜紅梅に朝の空

野を渡る風に火の香や春寒し

落書をどつと増やして路地の春

ひつそりとひらきし梅のよく匂ふ

たかだかと鳶の輪建国記念の日

村は春おほきな月を打ち上げて
橋渡るたびに濃くなる春の風

うららけし一つ袋に数珠と飴

二度おぼことふ言の葉のあたたかき

春の城水かげろふをもて鎧ふ

鳥声に囲まれてゐる朝寝かな

暮れかねてをりさざなみの立つあたり

竜天に昇りて桶の箍ゆるぶ

女松より男松濡れをり西行忌

汀よりはじまる春の日暮かな

立たされてゐる生徒にも春の風

ちちははの墓をまさかに打つ田かな

うらうらと身を離れゆく思ひあり

老人に春のゆふべのいつまでも

永き日やいつしか消えし畑の人

新聞と老眼鏡と草の餅

吹き渡る風に海の香夏近し

千手もて春を惜しめる仏とも

行く春の渚にしるき波の跡

月明の夜を揺れ止まぬ今年竹

五月鯉たらりと雨のくる気配

代掻いて掻いて富士には目もくれず

人の世をすこし離れて桐の花

なきがらの薄目におはす緑の夜

老鶯のをちと思へばこちにかな

柩ゆく茅花流しに揉まれつつ

出漁の声高らかに明易し

どことなくさびしい朴の咲く村は

草に木に風出て梅雨に入りにけり

揺らぎつつ日輪しづむ麦の秋

頂は雲にあづけて五月富士

水底に竹瓮ひそめり半夏生

泣けるだけ泣いて涼しき幼の目

のうぜんの花の真昼をさびしめり

梧桐に抱かるる思ひありにけり

眠さうな村をかたへに田水沸く

あをあをと雨降つてゐる夏書かな

葭切の騒げるあたり暮れのこる

夏百日土間に居据る水甕も

沖といふ遥けきものへ切る抜手

上げ潮の香の中にある祭かな

涼しくて空の遠くを見てゐたる

廃校を取り囲みたる草いきれ

夕焼も童の声も消えにけり

蟬の鳴くいつぽんの木の遥けさよ

炉の灰の筋目をしるく土用入

谷音のにはかに近し籠枕

本降りとなつてをりけり昼寝覚

余すなく山なみ泛べ月涼し

誰彼に言葉を投げて田草取

もてなしは上がり框の渋団扇

箸を置く音のことりと夜の秋

夏をはる静かな水面よこたへて

三伏の艶おのづから自在鉤

炊き上がりたる飯の香も今朝の秋

秋立つと山を越えくる風の音

涼新た遠い山ほどくつきりと

水べりを歩いてゆけば秋の声

さらさらと流れて風も雲も秋

真つ向に大きな夕日墓洗ふ

盆座敷赤子の声をまんなかに

盆荒の沖をそびらに網を干す

夕雲のなべて金色魂送る

さはやかに遠くなりたる父と母

なまぬるき水よ八月十五日

水澄むと門経の声そちこちに

晩年の今かなかなの声の中

一葉して夕べ親しき炊ぎの香

そよりともせぬ木に小鳥きてゐたる

空澄んで野辺の送りのきのふけふ

秋水にのみど鳴らして余生とふ

どこまでも透くる夕空鳥渡る

天高し言葉すらりと身を放れ
野の川の音をあらはに厄日かな

篁に風音こもる良夜かな

野仏の碗にも厚き稲埃

身ぶるひをして新豆腐しづみけり

吾亦紅日暮を待つてゐるさまに

稲雀夕日浴びては引き返す

風はたと止みたる月の出際かな

爽やかにおぼこ返りをして在す

花終へし花野に月の濃かりけり

聞きなれぬ鳥の声して露の朝

十三夜とほく揺らめく島の灯も

赤とんぼ湧いてむかしのままの空

潮の目の日にけにしるき椿の実

身に入みて両掌に囲ふ湯呑みかな

間引きたる菜に夕風のいつまでも

野良に立つ火の赫々と寒露かな

秋深し村をつらぬく水の音

野菊群れをり夕風の湧くあたり

毒菌によきによき月の濃き夜かな

雁くると夕べ赫ふ沼の面

水霜や谷へ迫り出す杣の畑

うそ寒の一日素直に過ごしけり

かりがねや火棚にふとる煤の脂

出がらしの茶にも茶柱そぞろ寒

満ちてゐる潮のしづけさ秋の暮

蘆原に吸はれて消ゆる夕日かな

赤子泣く声のはるかを雁渡る

芋の葉のゆらりと月を上げにけり

貼り終へし障子はやくも風の中

風荒し遠く牡鹿の啼く夜は

行く秋や日はちりちりと水の上

家々に家々の音冬に入る

掛大根夜は月影をむさぼれる

いさり火の沖にちらめく湯ざめかな

夕日濃くなる水洟をすするたび

冬ぬくし温しとめぐる神ほとけ

凩の落としてゆける墓茶碗

雪ちらりちらり芥を焚きをれば

水面打つ釣瓶の音も冬はじめ

一畝の青菜に厚き冬日かな

寒鰤を割きたる水のまくれなゐ

ちりぢりに消ゆる路地の子雪ばんば

白息に囲まれてゐる骸かな

いつ見ても山茶花散つてをりにけり

雪ぼたる夕べの鐘の鳴るなへに

野がらすの声にぎやかに十二月

野の果てに落日喘ぐ寒さかな

五郎助ほうぐつすり嬰を眠らせて
きらめいて柩の渡る枯野かな

隙間風山の匂ひのしてゐたる

冬日濃し寄せ墓にはた捨て墓に

磯焚火猛りに猛り誰もゐず

冬耕のいつも遠くにひとりかな

踏切のかんかん年の詰まりけり

さつきまで冬田を打つてゐたりしが

雲水のしばらくありし焚火かな

しみじみとしみじみと吹く葛湯かな

狐火を確かに見た気してきたる

雪はしづかに鉄瓶の噴いてをり

寒晴の鳥の声さへ許さざる
根深汁まぶしき朝をひろげたる

凍蝶に凍てし寧らぎありぬべし

寒柝の打ち手かはりし韻きかな

年惜しむいつも見てゐる山を見て

年を守るあえかなる灯を田へ洩らし

年の火に残生かくれなかりけり

ありたけの星またたかせ去年今年

句集　春の村　畢

あとがき

本書は私の第七句集である。前句集『煤柱』刊行後の二年半（平成二十五年秋より二十七年末まで）の作品から三二〇句を収めた。

かつては生涯に五つの句集をと念じていたのだが、思いがけずも馬齢を重ねて、望外の第七句集を開板する僥倖に恵まれた。昨年、私は、創刊より二十二年間に亘る「春野」の主宰を引退して自由の身となったが、そのけじめと、自らへのいささかな労いの気持を込めての句集でもある。

集名「春の村」は、この句集の雰囲気に通う言葉として、集中の句から採った。

刊行に当たっては、このたびも石井隆司氏、ほかスタッフの皆さんにお世話になった。

この一集を、我儘な私を、これまでずっと支えつづけてくれた家妻に捧げたい。

平成二十八年五月

黛　執

著者略歴

黛　執（まゆずみ・しゅう）

昭和５年　神奈川県生れ

昭和40年　五所平之助に俳句の手ほどきを受く

昭和41年　「春燈」に入会、安住敦に師事

昭和49年　第三回春燈賞受賞

昭和59年　超結社同人誌「晨」に同人参加

平成５年　「春野」創刊・主宰

平成16年　句集『野面積』により第四十三回俳人協会賞を受賞

平成27年　「春野」主宰引退、名誉主宰となる

句集『春野』『村道』『朴ひらくころ』『野面積』『畦の木』『煤柱』

エッセイ集『俳句あれこれ』ほか

公益社団法人俳人協会顧問、日本文藝家協会会員

現住所　〒259-0314　神奈川県足柄下郡湯河原町宮上274

電　話　0465-62-4178　FAX　0465-63-4178

句集　春の村　はるのむら

2016（平成28）年5月25日　初版発行

著　者　黛　執
発行者　宍戸健司
発　行　一般財団法人 角川文化振興財団
〒102-0071 東京都千代田区富士見1-12-15
電話 03-5215-7819
http://www.kadokawa-zaidan.or.jp/
発　売　株式会社 KADOKAWA
〒102-8177 東京都千代田区富士見2-13-3
電話 0570-002-301（カスタマーサポート・ナビダイヤル）
受付時間　9:00 ～ 17:00（土日　祝日　年末年始を除く）
http://www.kadokawa.co.jp/
印刷製本　中央精版印刷株式会社

落丁・乱丁本はご面倒でも下記KADOKAWA読者係にお送り下さい。
送料は小社負担でお取り替えいたします。古書店で購入したものについてはお取り替えできません。
電話 049-259-1100（9時～17時／土日、祝日、年末年始を除く）
〒354-0041 埼玉県入間郡三芳町藤久保550-1
 ISBN978-4-04-876380-6 C0092